I0626560

TEMPORADA PARA SUICIDIOS

MANUEL ADRIÁN LÓPEZ

TEMPORADA PARA SUICIDIOS

Publicado por Eriginal Books LLC.
Miami, Florida
www.eriginalbooks.com

© 2014, Manuel Adrián López
© 2014, diseño de cubierta: Ernesto Valdés
© 2013, pintura de la cubierta: Erick Hernández
© 2014, de esta edición, Eriginal Books LLC.

Todos los derechos reservados
All rights reserved
Printed in the United States

ISBN-13: 978-1-61370-064-8

Agradecimientos:

a *San Lázaro*

Mabel Cuesta, Erick Hernández,
Marlene Moleon, Lilliam Moro y Ernesto Valdés

Cada suicidio es un sublime poema de melancolía.

Honoré de Balzac

Índice

Una temporada de parloteros caníbales suicidas

Un instantáneo repaso por los archivos de la literatura universal desvelaría de inmediato una vasta galería de personajes suicidas: Didos la fundadora de Cartago y amante de Eneas; las entrañables Madame Bovary o Butterfly. Si se trata de autores se amontonan los nombres: John Kennedy Toole, Horacio Quiroga, Alfonsina Storni... Centrada la mirada en el corpus literario cubano aparecerían al unísono Reinaldo Arenas, Carlos Victoria, Guillermo Rosales, Hernández Nóvas, Angel Escobar o Heriberto Hernández. El suicidio, pues, como tema y como praxis ontológica ha convivido más cerca de lo que quizá los imaginados signos de la cultura, a través de sus agendas de poder, han querido propagar.

Sin embargo una variante singular de esa tradición se presenta ahora con esta colección de Manuel Adrián López. Su galería de personajes suicidas es también inagotable en su parloteo y sin duda una banda de caníbales. Una taxonomía esta última que no se representa a través del clásico gesto devorador de Saturno: nada de sangre; solo la repetida tradición insular en su morfología simbólica de engullirse al otro a través de gestos, cinismos, asesinatos de reputación, humor y muchas, muchas palabras.

La sátira y la parodia parecen ser las armas con las que Manuel Adrián López quiere desarmarnos esta vez. De Miami a La Habana, sus suicidas recrean las ceremonias funerales salpicadas de intrigas y escándalos que rematan a los muertos (suicidas o no). Son personajes rocambolescos, tatuados mil veces por la saña de sus prójimos antes que por sus propias dagas que los conducen, gustosos, al suspiro final.

Suicidios como mecanismos de autoayuda. Suicidios con sabor a mango. Suicidios por la indolencia ante las cuitas amorosas profesadas a un famoso llamado Alejandro Sanz. Suicidios en la Pequeña Habana; allí donde la mordacidad es el único látigo que conocen los torturadores. Suicidios de reputación. Suicidios políticos. Suicidios gatunos. Y finalmente: suicidios en masa.

La idea de suicidas parloteros y caníbales condensa en esa historia final con la misma intensidad (y como consecuencia de ella) con que se va anunciando en cada uno de los relatos que la preceden. Tomando como obvia referencia los eventos del 17 de diciembre de 2014, López construye un carnaval bajtiniano en donde los exagerados gestos con que representa a los actores de la debacle cubana en las dos orillas, a fuerza de devorarlo todo y sobre todo a sí mismos, terminan haciendo de los dos espacios sicosemánticos (Florida versus Cuba) lo que siempre han sido: uno mismo. En gesto pantagruélico se lo van comiendo y bebiendo todo; incluida la frontera marítima que ilusoriamente los divide: con palabras devorar primero para suicidarse después.

Entre los aciertos de la colección está el crear este clímax justo en la última de las historias. Ello regala al conjunto el cierre de estridencias que merece. Manuel Adrián López ha dejado relegada aquí la ansiedad de influencia ante la que todo autor agoniza. Ha olvidado al censor supremo que vive en nosotros mismos para entregarse a la autocontemplación de un sujeto cubano transido por el exilio, las migraciones en sus distintas oleadas, el fracaso ante el amor, el sexo o los proyectos personales y profesionales. Coloca a ese *homo cubensis* –que de tantas marcas de imaginada superioridad se vanagloria– en su exacta zona de *discomfort* y lo obliga a mirarse en el espejo de la muerte por motu proprio a la que de manera irremediable lo llevará –no importa si caníbal o canibalizado– su maldita ansiedad de parlotearlo todo.

Mabel Cuesta
Profesora de Literatura Latina
y Caribeña de Estados Unidos,
Universidad de Houston

Todo lo recibido se devuelve con la misma intención

He permanecido inmóvil mirando al techo. La cama se ha convertido en el paredón de estas noches confusas. A través de las ventanas se trata de filtrar el muerto oscuro enviado, pero no lo logra. Le hemos dado la bienvenida como merece. Danza en el traspatio enloquecido buscando cómo cruzar la verja que se ha convertido en frontera divisoria entre él y nosotros. Cada vez que salimos al portal lo vemos cómo se eleva, como si fuera una llamarada, pero no logra traspasar la cárcel que le hemos fabricado solo para él. Desistimos de indagar sobre su origen. Ya no es importante saber cómo llegó, o quién lo envió. No tiene sentido amargarse con un nombre o una cara; pudo ser cualquiera. Un brujo me dijo una vez que había escogido un oficio demasiado solitario e ingrato. Nada me sorprende. Vivimos aferrados el uno al otro, los dos a la gata. Todo es revelado en sueños en esta temporada de suicidios.

Cada cierto tiempo entierro a alguien más. No hay prejuicios, eventualmente todos enseñan las uñas, clavan la daga con la rapidez del viento en temporada de Semana Santa. Es cuestión de tener paciencia, sin sorprenderte cuando te tropiezas con otro personaje, cuyas acciones los delatan. Descuartizamos sus cuerpos como si fuéramos expertos carniceros. Leemos sus mensajes en los que nos preguntan si estamos o si nos hemos ido de viaje, si los dolores han cesado, o si los mangos han vuelto a caerse de la mata. Respondemos siempre con oraciones cortas, racionadas, porque la hipocresía es la verdadera plaga de estos tiempos, no el ébola.

Suicidio en Navidad

Cuando la periodista me preguntó sobre lo que recordaba de la Navidad le conté una historia agridulce de mi niñez. Debí haber tenido los pantalones bien puestos y decirle la verdad; haberle dicho que lo que recuerdo de esa época supuestamente festiva, fue despertar en un hospital frío y no saber dónde estaba. Mirar a un lado y ver un bulto en otra cama, ni idea si era hombre o mujer, sin poder descifrar si respiraba, ni tan siquiera estar seguro si hablaba en inglés o castellano. Marcharme de aquel lugar y no saber nunca nada de ese bulto fue demasiado cruel por mi parte.

Tener que recordar ese diciembre; volver a revivir aquellos momentos. Sentarme pacientemente y observar al doctor, mover la cabeza siempre en el momento indicado, *or else*, y decir complaciente: "Yes, doctor. I won't do it again." Esperar a que el doctor –recién bañado, afeitado, oliendo a colonia cara y ropa típica de médico, o sea pantalones beige y camisa azul cielo de manga larga– decidiera si me dejaba libre o no. Ver la cara de mi padre, estoico, parado en una esquina, con su hombría cubana hecha trizas por el hijo rebelde, por el primogénito, el que siempre le ha dado quehacer. El viaje a casa, cuál casa, ya no tenía casa, no tenía vida desde el momento en que tomé decenas de pastillas de todo tipo y me desplomé en el piso helado del baño. De lejos, mi abuela maldiciéndose, echándose la culpa por haberme dado sus pastillas para dormir en mi último viaje a la aldea.

Y lo peor fue volver, encontrar tus cuatro trapos tirados en cajas en el piso de un cuarto que no es el tuyo. Querer echarte en tu cama, pero no tienes cama. Ahora todo es prestado, raticos aquí y raticos allá. No tienes ni tan siquiera un libro a tu alcance. Pero es Navidad y debes estar alegre. Estás vivo; todos te dicen lo mismo; todos te llaman por teléfono para darte consejos, consejos que no recuerdas porque ahora mismo nada puedes retener dentro de tu cuerpo hueco. Incluso algunos te dicen: "te hizo bien lo que te pasó, te ves más flaco". No puedo alegrarme de nada; no puedo sentirme dichoso de absolutamente nada. Pero ahí no termina, llega la cena y no te pasa el lechón asado: tienes el esófago ardiendo y el paladar insensible a causa de tantas pastillas.

Después de la cena, no aguantas más y te marchas a la casa de al lado, donde te han dado albergue temporal. Se te nubla la vista a cada rato, especialmente cuando alguien nuevo llega y te abraza y te dice "lo que necesites", que lo llames, pero no sientes nada.

Todo es un enorme tanque de basura completamente vacío. Te echas en la cama de sábanas blancas que luego compartirás con tu madre que está de visita y quien además cree saberlo todo, y no se cansa de decirte que todo pasará.

Así llega el último día del año, ¿dónde ubicarte? Pareces un florero que no cabe en ningún estante y que no han vuelto a llenar de agua para tan siquiera poner claveles blancos, los mismos que tanto tú detestas. Hace demasiado frío para sentarte afuera en la mecedora amarilla. Los naranjos que el tío ha plantado te provocan ganas de vomitar con solo mirarlos. No tienes hambre, pero comes porque el masticar aplaca un poco el ruido interior.

Todos ríen y recuerdan otros de fines de años en la isla, en el campo, momentos felices sin tener que ser testigos de malos ratos. No logro quedarme dentro del barullo toda la noche. Me retiro a la cama prestada. Mi madre regresa después de las uvas y los besos. Me abraza, acurrucándome como solo una madre sabe hacer. Le agradezco, incluso aprendo a quererla mucho más, aunque les confieso que en ese momento nada me reconforta. Ella habla a mares, dice todo lo que sabe, hace preguntas que casi no puedo contestar; me obliga a confesar errores que bien sé que han sido eso, pero que ahora no los puedo cambiar. Me aturde oírla; en realidad me aturde todo en estos tiempos. Llevo más de dos horas oyéndola, casi en silencio, pero no doy más y grito: "¡No te das cuenta de que estoy vacío! ¡Acaso no se han dado cuenta de que estoy vacío!"

Desde entonces todo se reduce a un infinito silencio. Navidad, Año Nuevo, cumpleaños y un sinfín de fechas que no me dicen nada. Nunca más hemos vuelto a la carga, hasta hoy que me he dado cuenta de mi mentira. He mentido. Pero lo peor, es que me he mentido a mí mismo.

Suicidio sobre ruedas

Y si fuera al revés. Si todo hubiera pasado diferente a como pasó. Si en vez de irse temprano esa mañana se hubiera ido a la hora de siempre. Si el auto no se hubiese quedado parado en la misma línea del tren. Tantas preguntas ahora después de todo lo ocurrido, pero antes nadie nunca le preguntó cómo se sentía. Nadie se ocupó de indagar qué pasaba cuando llamaba al trabajo y decía que estaba enferma y no podía ir. Al otro día cuando regresaba, absolutamente nadie le preguntaba si había mejorado. Cero.

Ahora todos se cuestionaban, se preguntaban entre sí, recordaban fechas y momentos cuando la vieron mal. Es demasiado tarde ya. La mujer que viajaba en el auto estaba colmada de angustia, una angustia que nadie notaba, o peor, que no le interesaba a nadie. No tenía familia, ni tan siquiera una mascota que la pudiera salvar. Vivía en lo que había sido un esplendoroso apartamento en el quinto piso de un edificio antiguo muy cerca de un mercado de pulgas que solo funcionaba los domingos. Era un apartamento grande para ella sola. De hecho, a veces se mudaba de una habitación a otra, cambiaba la cama para la sala o ponía un butacón en el baño, total, nadie nunca la visitaba. Las pinturas que había coleccionado a través de los años las había ido vendiendo poco a poco. El dinero no lo gastaba, todo lo guardaba en una caja de seguridad en el banco. Ahí, en esa misma caja, depositaba papeles importantes también.

Ella vivía inmersa completamente en el pasado. Había tenido un gran amor en su vida. Una mañana de domingo en el mercado de pulgas hace como diez años, conoció a una artista mexicana que exhibía sus pinturas. Se detuvo a mirarlas porque los colores eran tan brillantes que la cautivaron, aunque después recordó que no fueron las pinturas sino los ojos negros azabaches de la artista que la embrujaron. Revisó en los anaqueles plásticos, obra tras obra, hasta dar con una que después la artista le confesó que era su favorita. Un corazón demasiado rojo palpitaba en el centro de una habitación donde solo había un piano de cola negro y las notas que parecían salidas del cuadro. Le preguntó cuánto costaba y la mexicana le contestó asombrada que nunca a nadie le había gustado esa pieza. Ella sutilmente la miró y le dijo: "Pues me he dado cuenta que no puedo vivir sin ese cuadro. Dime cuánto cuesta". No podía creer que a esta mujer rara le pudiera gustar su pintura clave, su obra magna. Sin pensarlo más, le contestó: "Hoy la vendo por $1000". Ella metió la mano en su cartera y sacó su monedero rojo Carolina Herrera, buscó y contó un bulto de billetes de cien y se los entregó a la artista. Con esta transacción comercial comenzó una gran historia de amor. Pero eso sí, terminó tan repentinamente como había empezado.

Esa noche la mexicana la invitó a cenar y de ahí fueron adonde se hospedaba, ya que estaba de paso. Hablaron durante horas; se tocaron, algún beso se dieron pero nada más. La artista era mucha artista y no solo para la pintura. Ella se enganchó totalmente de la mexicana. Le empezó a llamar su Fridita, apodo que la mexicana adoraba. Además le encantaba cómo ella se lo decía.

Pasaron los meses y la relación iba a todo tren. Pasaban tiempo juntas en el apartamento de cada una. Pero una mañana la mexicana recibió una llamada rara. Ella se quedó mirándola porque algo le decía que pasaba algo. Finalmente, la mexicana se sentó delante de ella y le dijo que debía volver a su casa: la había llamado un cliente y tenía un pedido grande que debía entregar en un corto plazo. Le planteaba que en unas semanas ella fuera a visitarla por un tiempo. Accedió, pero supo que el final estaba cerca.

Al cabo de un par de semanas llegó a casa de la mexicana. Fue un gran reencuentro, incluso hasta el miedo que tenía se disipó durante un rato. La mexicana la recibió con una gran cena, flores y música que las dos habían hecho de ellas. Se fueron a la cama después de una larga noche de amor. Cerca del amanecer ella despertó y la mexicana no estaba a su lado. Cautelosamente se levantó de la cama y caminó en puntillas hasta ver cómo la mexicana hablaba con alguien por teléfono y agitaba las manos enfurecidas. Se escondió detrás de un estante y desde ahí escuchó cómo la mexicana le decía que en cinco minutos la esperaba en el estacionamiento. Ella volvió a la cama. Cuando estuvo segura de que la mexicana había salido, se vistió rápidamente y fue detrás de ella. Con cuidado abrió la puerta y permaneció unos minutos detrás, escondiéndose de la mexicana y de otra mujer que gritaba como una loca pidiendo explicaciones. Después de un corto tiempo, la mexicana abrazó a esa mujer para intentar calmarla. Ella abrió la puerta y se dejó ver por las dos. Las miró fijamente y la mujer se desprendió de los brazos de la mexicana, que fue corriendo hacia ella, sin embargo no se movió, se quedó quieta, esperándola. La otra casi la aplasta: como una loca le fue directamente arriba, golpeándola. Ella no pudo ni defenderse: no le dio tiempo a nada. La mexicana intervino. Ella entró y cerró la puerta. Buscó el celular y llamó a un taxi mientras recogía de prisa sus cosas. En cuestión de minutos el taxi la esperaba enfrente de la casa. Salió y no paró hasta estar dentro del taxi, mientras la mexicana le gritaba que no se fuera, que esperara un momento, que podía explicarle todo. Ella se marchó y nunca más le contestó el teléfono, ni los emails que recibía a diario.

Volvió a la rutina de su trabajo, de cambiar los muebles de habitación en habitación, de pasar días enteros sin probar bocado, de esperar el momento perfecto para dar un desenlace a sus días. En la oficina donde trabajaba no hablaba con nadie; desempeñaba su trabajo con la misma eficacia de siempre pero no compartía nada con los demás empleados.

Despertó una mañana más temprano que de costumbre y se preparó para irse a trabajar. Como tenía demasiado tiempo decidió ir por la calle en vez de por la autopista que siempre tomaba. Cuando estaba cerca de la línea del tren que pasaba por esa vía, se persignó, ella que no creía en nada. Se estacionó un buen rato a un costado de la calle hasta que oyó a lo lejos el silbido de un tren que se aproximaba. Echó a andar, ignoró las luces rojas que anunciaban el paso del tren, puso el pie en el acelerador y el carro se deslizó por la calle hasta romper la talanquera. Dio un frenazo que casi vuelca el auto y permaneció estacionada en el mismo centro de la línea del tren. El estruendo fue tan grande que quedó un eco por toda la ciudad.

Un suicidio impuesto

"María Julia mi amiga del alma, se ha marchado al cielo. ¡Ay, María Julia querida! Tan buena que era, tan buena amiga mi María Julia". Así gritaba Eulalia en plena funeraria. Su amiga, que en realidad no era tan amiga de ella, había fallecido esa madrugada en su cama antigua de hierro. La encontró su reciente marido, digo reciente porque hacía solo unos meses que se habían casado en una ceremonia en la iglesia del Rincón de San Lázaro. Ella vestía un traje sastre morado con una inmensa orquídea en el lado izquierdo. El novio, quien además era bastante más joven que María Julia, llevaba una chaqueta blanca con pantalones color crema y una camisa lila. Parecían estar felices aun con la diferencia de edad, o por lo menos eso mostraban delante de la gente. El suicidio repentino de la novia fue tremenda sorpresa para todos, el único que aparentaba una gran calma en su mirada era el novio.

A la mañana siguiente del velorio enterraron a María Julia. El día era esplendoroso, casi parecido al mismo día de su boda. El novio, que ya no era novio, sino el marido de la difunta, leyó unos versos de Neruda para despedirse de su amada. Todo el mundo tenía lágrimas en los ojos, pero nunca como las de Eulalia, quien casi se cae dentro de la fosa y la entierran junto a su amiga, aunque en realidad no eran tan amigas.

Después del entierro el marido de María Julia tomó a Eulalia del brazo y juntos abandonaron el cementerio. Algunos parientes y amigos cercanos fueron invitados a casa de Eulalia donde les esperaba un brindis con torticas de Morón y té de rosas victorianas comprado en la tienda rusa de la calle 79. Como música de fondo Eulalia había puesto una contradanza de Ignacio Cervantes en el tocadiscos que recién le había comprado a un poeta con apuros económicos. El ambiente era elegante, pero se sentía raro. Las servilletas eran de lino blanco, al igual que el mantel en la mesa del comedor. Los parientes y amigos hablaban casi en susurro entre ellos, mientras Eulalia, reconfortada por el viudo, permanecía desmadejada en un butacón forrado de *chintz* color palo rosa.

Como ya dije antes, había una atmósfera rara. Nadie conversaba con Eulalia ni con el viudo. Se oyó el timbre de la puerta pero ellos permanecieron en el mismo sitio. Una prima de María Julia, una rubiecita con un vestido demasiado apretado para un entierro, se levantó y fue a abrir la puerta. Las voces en la entrada interrumpieron el idilio de Eulalia y el viudo. Él se levantó del brazo del butacón y enfiló la vista hacia la puerta. La rubiecita trataba de impedir la entrada a un par de personas que hablaban en un elevado tono de voz. Finalmente una señora alta, de pelo negro con moño a lo Evita Perón, empujó a la rubiecita y entró. La siguió un hombre amanerado, con el pelo pintado de rojo y ojos chinescos retocados por algún bisturí.

La señora alta se paró en el mismo centro del salón y como si tuviera un micrófono en la mano, anunció que traía un mensaje de la fallecida. Todos permanecieron muy callados y atentos a las palabras de esa señora. Después de un rato que pareció demasiado largo, la señora que había estado como en un trance, abrió los ojos como si fueran a saltarle encima a cualquiera de los presentes y empezó a hablar: "Qué bien que están casi todos aquí reunidos. Qué buena actuación la de la Eulalia, hasta yo misma acostadita en la caja de pino esa que me compraron casi me lo creo. Pero la mejor actuación ha sido la del viudo. Tan ecuánime, tan medido para todo y tan discretico hasta para vestirse. Para lo único que no es discreto es para buscar macho. Sí, lo que oyen. El viudo es maricón, pero no un maricón cualquiera, no, eso no. Le gusta vestirse de mujer mientras el hermano de la zorra de Eulalia se la mete, sin condón, al duro y sin guante. ¿Lo han visto esta mañana o anoche cerca de aquí?, díganme, ¿han visto al hermano de esta en mis funerales? ¿Verdad que no? Pues hace tres días atrás sorprendí a mi marido mariquita en mi cama, vestido con mi negligé rojo que él mismo me había regalado, como casi toda mi ropa. Mi marido me compraba mi ropa, miren eso, qué maridito tan bueno. Le hice creer que no estaría en casa, porque hace días que lo notaba raro, como que andaba en algo; fui a consultarme con esta señora y ella me dijo que me engañaba pero nunca sospeché que fuera con otro hombre. Regresé en media hora, justo en el mismo momento en que el hermano de Eulalia le pegaba y se la metía sin compasión. Me paré en la puerta del cuarto y tomé fotos durante casi cinco minutos sin que ellos se dieran cuenta. Hasta que la ira se fue apoderando de mí. Cuando no pude mirar más, me quité mis tacones rojos de charol que mi marido me había comprado, y le fui para arriba como una loca dándole taconazos al mulato que estaba metiéndosela a mi marido. Le di un taconazo en un ojo que casi lo dejo ciego. Mi marido, tan bueno y tan amable no sabía cómo aplacarme. Yo no paraba de pegarle hasta que tropecé con el armario. Caí de espaldas y me di justo en la cabeza con la cerradura de hierro y me fui de cabeza al piso. Ese ha sido mi final. Ellos dos arreglaron todo para decir que me había suicidado, pero esta es la verdad. Por eso el hermanito de mi querida amiga no se presentó a mis funerales; por eso ella lloraba como si se le hubiera muerto una hermana. Tramposa y descarada que es. Ahora bien, ya lo he contado todo, así que ustedes sabrán qué hacer con la verdad, porque yo no voy a descansar hasta que estos paguen su traición".

La médium se desplomó en el mismo centro de la sala. El señor que la acompañaba enseguida comenzó a ayudarla y el sudor le chorreaba por su cara como un río. Todos los demás miraban a Eulalia y al viudo en silencio. Ellos dos no se movían. La señora se fue reponiendo hasta lograr ponerse de pie y pedirle a su acompañante que la sacara rápidamente de allí. La tomó nuevamente del brazo y lentamente se fueron caminando hacia la puerta. Se le oía decir a la señora mientras se alejaba: "Esto aquí está mal, aquí hay mucha mentira encerrada, la muerta va a volver y se va a llevar a dos o tres de los que están aquí".

Las demás personas reunidas fueron haciendo un círculo alrededor de Eulalia y el viudo, pero de pronto se abrió la puerta de par en par y entró el mulato hermano de Eulalia, que no esperaba que hubiera nadie y desde la puerta comenzó a vociferar: "Mi vida, ¿cuándo me mudo para tu casa, papito?, dime, que estoy loco por dormir en tu cama...". Todos se volvieron a mirarlo y fueron testigos no solo de sus palabras, sino también del ojo vendado que mostraba descaradamente.

Suicidio con sabor a mango

El flaco desgarbado que robaba mangos como ninguno, se paró delante de la tribuna y sin poderlo frenar se pasó horas hablando mal de otro, que no era flaco, más bien algo gordito y que también robaba mangos; pero claro, como había empezado mucho después que el flaco a robar mangos, solo por eso, el flaco decía a los cuatro vientos que el gordito no servía para robar mangos. Vaya, que no tenía madera para ser ladrón de mangos; así de simple. Era más bien insulso.

Pero sentarse a esperar pacientemente es la mejor medicina para cualquier pesar. El gordito que tenía algo de oriental, o mucho más que algo diría yo, se sentó a esperar. La espera en realidad no fue tan larga como él mismo pensó al principio. Las vueltas de la vida son del carajo. En el intermedio, antes de que lleguemos al final o quién sabe si al principio de todo esto pasaron varios episodios. Cuando el flaco se paraba en la tribuna, sus palabras eran puñaladas traperas para el gordito.

Un buen día –como dicen los cuentos–, el flaco sembró un árbol de mango cruzado con amapola. El resultado sería un escándalo. Lo cuidó y cuidó hasta que por arte de magia (sí, sí, igual que en los cuentos) empezó a despuntar un árbol raro, pero no se sabía exactamente qué era. El flaco estaba seguro que tenía oro en sus manos. Empezó a revisar cuanto concurso existía para enviar su mango-amapola y esperar los premios, sentadito en el patio de casa de su amiga Llora, que no sabía nada de mangos, pero sí mucho de organizar campañas políticas y cosas de esas. Mientras tanto el arbolito crecía con una rapidez nunca vista. Dicen los que lo vieron de cerca que ya casi al final parecía medio torcido, pero otros lo desmentían diciendo que eso era cosa de isleños y su envidia, inyectada por los conquistadores que no se podían deshacer de ella aunque pasaran miles de años. En fin, que el árbol parió su primer mango-amapola. Era rojizo, con forma de chile poblano, aunque no se sabe cómo o por dónde se había apoderado el dichoso chile de la fórmula secreta del flaco. De todos modos el flaco quiso hacer una reunión para presentar su obra y entonces su amiga Llora se encargó de todo.

El día de la presentación del mango-amapola, el flaco se afeitó, desistió de seguir con bigote y lucir mucho más *clean cut*, como si fuera un banquero americano, pero no tenía la pasta para comprarse un traje Brooks Brothers, y entonces optó por una guayabera color mamey y pantalones blancos de hilo (bueno, en realidad no era hilo, más bien poliéster *Made in China*). A la hora citada se reunió un grupo de personajes ilustres de la ciudad. No fue una multitud, pero eso está bien porque el flaco decía, después de haber participado en una presentación similar, que aquello parecía una fiesta social y no un acontecimiento histórico y hasta algo poético, como debía ser. Así que verdaderamente, no fue tanta gente a ver el injerto que pondría al flaco en la cúspide del mundillo intelectual *manguístico*. En las fotos se veía al flaco nada contento, con una cara de borrego cuando lo están llevando al matadero. En fin, parece que no fue muy impactante el tal evento.

Al pasar los meses, después de montones de entrevistas en todos los periódicos locales, el flaco seguía estando medio cabizbajo. Ahora cuidaba más las palabras que decía desde la tribuna. Decidí montarle una vigilancia de esa tipo las de allá, que en realidad son las mismas aquí. De repente me sorprendió que un día hasta dijera algo breve del mango del gordito, aunque en realidad no fue algo sobre el mango del gordito, escogió bien sus palabras y dijo una frase positiva sobre el gordito. Aquello me olió a tufo. En algo anda el flaco. Pasaron las semanas y me contaron que había hecho otro elogio al gordito, esta vez un poquito más extenso, pero también en público. Aquí hay gato encerrado, me dije al enterarme.

Mientras tanto pasé por casa del gordito que vivía en una casita casi escondida entre muchos árboles. Un frondoso algodón daba la bienvenida. Me invitó a entrar cortésmente. Conocí a su gata, que mientras hablábamos en el portal, se sentó de frente a nosotros y se dedicó a examinarme. Nos reímos a la vez, pero ambos supimos que la gata estaba atenta a todo y bajo control. Empecé por decirle al gordito los comentarios pesados que el flaco y sus amigotes hacían aludiendo a los mangos que él cultivaba en el traspatio. Sonrió a medias y pretendió seguir oyéndome, aunque era evidente que estaba por encima de todo. Aparentó oírme por cortesía, pero lo mismo él que la gata perdieron el interés en la conversación. Cuando ya había soltado un sinfín de veneno, aunque nada era mentira y todos lo sabían, el gordito me dijo que le gustaría saber el motivo de mi visita. Me cortó y me dijo que estaba muy ocupado con sus siembras, que me agradecía mi visita pero que tenía que volver a sus ocupaciones. Al levantarme solo pude decirle que había venido para que supiera que alguien más estaba consciente de lo que pasaba, de las calumnias que el flaco y compañía soltaban sobre él y su obra, pero que en los últimos días algo raro pasaba porque el flaco había hecho comentarios favorables en vez de lo mismo de siempre. El gordito sonrió, la gata dio unos brincos, mientras yo me quedaba pasmado ante aquel derroche de alegría. Me miró directo a los ojos y me dijo: "La última palabra la tengo yo, nunca he sido juez de nada, pero ocurre que ahora soy juez del concurso de mangos de este año". Con la misma recogió a la gata y se esfumó como fantasma hacia su guarida.

Pasaron unos días y justo cuando estaban a punto de anunciar el ganador del concurso nos enteramos de la noticia de la muerte del flaco. Una mañana, Llora, su querida amiga, había llegado a buscarlo y cuál fue su sorpresa cuando encontró la puerta de su casa abierta y al pasar no encontró a nadie dentro. Fue hasta el fondo de la casa, abrió la puerta de la cocina que daba para el patio y allí colgado en el árbol de mango-amapola estaba ahorcado el flaco desgarbado.

Fue una gran tragedia ya que Llora había venido con la noticia de que él había sido nombrado ganador de la medalla de oro por su mango-amapola.

Suicidio *Haute Couture*

A René le dio la locura desde que vio las fotos de Carolina de Mónaco en las páginas de *Hola* con aquel vestido verde chartreuse y con las flores negras incrustadas. No había forma de hablar con él sobre otro tema. Estaba echando la ropa a lavar en el *laundromat* donde siempre íbamos los dos y no se olvidaba del tema. Soltaba a toda voz, como si hablara desde una tribuna: "Los aretes que usó Carolina eran de Van Cleef and Arpels". Yo me quedaba en el aire, porque no entendía a qué venía esto cuando yo le estaba contando sobre mi última experiencia con un tipo que cuando llegamos a casa, listos para irnos a la cama, quiso hacerme una demostración de canto de ópera. Pero René no entendía mi dilema, mi decepción, ya que el cantante frustrado era malísimo en el canto y en la cama. Él seguía con su *tiquitiqui* que si Carolina esto, que si Carolina lo otro, que no se merecía el marido que tenía y un montón de boberías más. Hablaba sobre la Princesa como si fuera prima suya.

Terminamos de lavar y yo estaba desesperado por soltarlo en su casa. Cuando me dijo de irnos a tomar un café en el Versailles: "Tengo una cita, lo siento" -le respondí. Me miró de reojo y sin pensarlo me contestó: "¿Con quién, con el mal cantante?". No contesté, seguí cantando la canción de Lissette por la octogésima vez: "Perdóname, amor sin tiempo....". Al llegar a su casa, no me bajé del carro, lo dejé justo afuera y le dije que hablaríamos más tarde. Recogió sus bultos y me dijo: "Adiós perra". No le contesté, ya que él sabía lo que me molestaban esas palabritas.

No pasaron ni veinte minutos cuando el timbre del celular interrumpió la canción. Era René llamándome. Contesté de mala gana, pero pensé que algo importante sería cuando estaba llamando. "¿Qué pasó?", le dije al contestar. Sonaba frenético. Daba unos alaridos como si hubiera visto una cucaracha. Sí, porque le tiene pánico a esos bichitos. Tuve que darle un grito para que se calmara y me contara. Oí cómo respiró profundamente del otro lado del teléfono y me dijo: "Acabo de recibir una llamada de una muchacha, finísima por cierto, que encontró mi teléfono en la pizarra de Pearls. Sí, tu sabes que puse un anuncio: que coso, que soy un modista *haute couture*, ¿entiendes?...". Lo interrumpí con sonidos... aja... uju... "Bueno, pues te cuento que la muchacha, que, *by the way* se llama Sable me estaba llamando porque está interesada que yo le haga un vestido a la medida". Lo interrumpí: "¿Y qué carajo tiene eso de malo para que estés gritando tanto?". Se calmó y me explicó: "No, chica, lo que pasa es que no vas a creer lo que me pidió la tal Sable; imagínate que mientras yo chachareaba diciéndole que hace unos días había terminado varios vestidos para Charityn, tú sabes, para que la tipa pensara que soy una estrella total, –al fin y al cabo no creo que conozca a Charityn personalmente–; bueno mientras estaba en eso, ella me calló de una vez y me dijo: mire Sr. René, yo quiero saber si usted puede o no puede hacerme el mismo vestido verde que usó la Princesa Carolina de Mónaco?". Todavía le producía escalofríos a René volver a repetir las palabras de la tal Sable.

Dice que le contestó enseguida que no era ningún problema para él, tratando de mantenerse calmado, para que la nueva clienta no se diera cuenta de lo que significaba tal encomienda. Hablaron de encontrarse, para discutir los detalles, precio y demás. Finalmente fijaron fecha para el próximo domingo, a las dos de la tarde. René insistía en que, por favor, necesitaba que yo estuviera presente. Él diría que yo era su asistente. Después de jurarme esto y lo otro, ofrecerme lavarme la ropa por un mes y no sé cuantas cosas más, me cansé de sus ruegos y le dije que sí.

Llegué un poco antes de las dos de la tarde. René estaba histérico, pero no era para menos, pues había esperado este día como si fuera el día de su matrimonio con el negrón que vive en el primer piso de su edificio, por el cual se muere en secreto, pero lo saben todos los

41

vecinos. Me mandó a que me sentara detrás de un escritorio que había comprado en una tienda de segunda mano. Hice exactamente como me había pedido: pretendí estar ocupado, tomando notas, que no sé qué eran en realidad, pero así lo hacía todo para parecer como el mejor asistente del mundo. René, por su parte, se había vestido de blanco de pies a cabeza; cualquiera diría que se había hecho santo. Revoleteaba como una mariposa de la cocina a la sala y viceversa hasta que de repente se oyó un toque en la puerta. Al oír la forma de tocar casi le digo a René: "Oye, pero esta niña qué fuerza tiene", ya que parecía que quería derrumbar la puerta. Permanecí tranquilo detrás del escritorio y René, el modisto *haute couture*, como decía él, fue al llamado de la señorita Sable.

Al abrir la puerta René casi se desmaya de la impresión que recibió. Cuando por fin abrió la puerta completamente y pude ver a la esperada clienta casi me caigo de la silla. Parada en el mismo centro de la sala estaba la señorita Sable Palmer, como ella dijo que se llamaba; la misma que venía a que le hicieran, costara lo que costara, el traje verde que usó Carolina de Mónaco en su reciente visita a la ciudad, el que lleva flores negras incrustadas.

René quedó mudo dejando que yo me acercara, como asistente que era, a tomar las riendas de esta situación. La Palmer era una gordita travestí con la sombra de una barba tupida demasiado visible, una peluca a lo Diana Ross and the Supremes, y rollo tras rollo envuelto en un vestidito negro salpicado de lentejuelas moradas que parecía que le había dado varicela. Después de unos largos minutos mirándonos, se me soltó la lengua y le dije: "Señorita Palmer, ¿no le parece que mejor que el vestido de Carolina lo que le quedaría a usted sería un vestidito trapecio tipo Mama Cass?". No le pareció gracioso mi comentario a la gordita y se enfadó de tal manera que salió dando patadas y gritando horrores que todo el barrio oyó.

Así empezó y terminó la carrera de modisto *haute couture* de René Solares... un total suicidio.

Suicidio en el corazón de La Pequeña Habana

"Te dije varias veces que esa canción me la dedicó Alejandro Sanz a mí. Nos encontramos en secreto en mi último viaje a Miami. Me paseó por la bahía en su yate y mientras conducía me cantaba la canción, *just for me*. No me creas bobita, allá tú". Así hablaba por los codos la expresidenta del CDR de mi cuadra. Ahora vivía en Lanzarote, en las Islas Canarias, y se había convertido de la nada en representante de artistas. En realidad nadie conocía a los artistas que ella representaba, pero bueno, mejor no indagar mucho. Nos unía una amistad de toda la vida, aunque a veces, bastante áspera.

Me había llamado dos días antes de llegar para decirme que se quedaría en mi casa. Nada de si podía, no, qué va. Me comprometí a recogerla en el aeropuerto pero le dije claramente que ni pensara que iba a estacionar y entrar. Nada de eso: ella tenía que salir y esperarme.

El martes pasado fui y la recogí como habíamos quedado. Me quedé en un tacón cuando la vi esperándome en la acera como Penélope. ¡Dios mío, pero qué avejentada estaba Pangyulian! Venía con un vestido "requeteapretao" color cobre, botas de vaquero de tono mostaza y unos aretones dorados que le daban cierto parecido a Boy George. Cuando me divisó le dio por empezar a dar gritos, alzaba las manos como si estuviera en un concierto de rock o algo parecido. Una locura total esta niña. Busqué un espacio y estacioné y la verdad me dio tremenda alegría verla. Nos abrazamos como cuando nos peleábamos y al cabo de los días nos arreglábamos y nos volvíamos a ver. Ella no había cambiado nada, yo por mi parte estaba tan retraída que a veces ni me reconocía yo misma. Me miró de arriba abajo como ella solía hacerle a todo el mundo. Me dijo: "Pero Caridad, ¿qué tú haces para estar tan flaca? Chica, ¿tú no comes pastelitos de guayaba ni nada de eso en esta ciudad que en cualquier esquina hay una cafetería cubana?". Le dije que casi no comía, la mayoría del tiempo vivía a leche con chocolate. Ella no me lo podía creer, con lo que nos hartábamos las dos en aquellos tiempos en que ambas nos turnábamos para salir con el cincuentón aquel que trabajaba arreglando edificios viejos. Mira que la vida cambia.

Nos subimos al coche que mi marido me había comprado antes de divorciarnos. Me hizo cien mil preguntas en los veinte minutos que tardamos en llegar a casa. Me tenía mareada: "¿Esas "chancleticas" son Prada o falsas de esas que venden los chinos? Ese "pulovito" Tahari está precioso, ¿dónde lo compraste?" Y así fue todo el trayecto. No me dejaba ni contestarle las preguntas. Ella misma juntaba una con otra sin dejarme pronunciar palabra. Antes de entrar a casa tuve que gritarle que se callara un poco. Desafiante respondió: "Mi querer, pero tú estás muy falta de macho". Me eché a reír, fue tan ella al decirlo que me desarmó totalmente.

Ya en casa la llevé para su habitación, que esa mañana había limpiado y arreglado como si llegara la Duquesa de Alba. A mí que no me gusta despilfarrar, hasta flores le compré. Ella se quedó con la boca abierta al entrar. "Cari, mi niña, pero tú eres barroca hasta en el exilio" dijo burlándose. Se tiró de un golpe en el *chaise lounge* antiguo que compré con el dinerito que había recibido del divorcio, por eso de que nunca había tenido uno y no podía respirar sin tener uno parecido al de la Garbo en mi biblioteca/cuarto de visitas color rosa pálido. Dio un grito de alivio al quitarse aquellas botas de vaquero que parecían un horror. Se veía tan en control de todo como siempre, aunque creo haber sentido algo raro cuando me hablaba más tranquila, sin los gritos habituales en ella. Le ofrecí algo de tomar y me pidió vino tinto. "¿Tienes algún vino francés, *mon cheri*?" me dijo como si hablara francés. Le contesté que no tenía ningún vino francés, que aquí en esta casa se consumían vinos argentinos. "¡Ay, qué cambiada estás monada, tú tan europea que eras en la isla!" exclamó y se acomodó en el *chaise lounge.* "Bueno, está bien, argentino entonces" me contestó sin mirarme, como si yo fuera su filipina.

Al rato vine con mi bandeja de plata comprada en la tienda de los muertos y mis copas *vintage* que habían pertenecido a los Gómez Mena, y que yo le había robado a mi prima cuando me botó de la casa, pero eso es otra historia que ahora no viene al caso. La encontré algo llorosa, no era la misma persona que hacía un momento me había gritado y que aparentaba estar controlada siempre. Parece que no esperaba que yo volviera tan rápido y la encontrara en ese estado. "¿Pasa algo, Pangyulian?" le pregunté con la poca dulzura que quedaba en mí. "No chica, nada. No es nada", me contestó algo molesta. Le serví el vino, brindamos y ambas nos quedamos con los ojos cerrados un rato, quizás demasiado tiempo.

Desperté primero que ella y me llamó la atención lo brilloso que tenía el pelo. Como no estaba despierta del todo no me di cuenta enseguida que el pelo brilloso aquel estaba medio de lado, o sea que tenía puesta una peluca. Me asombré una vez más, pero cómo era posible con el pelo que tenía esta niña de jovencita. Parece que de mirarla tanto hice que se despertara. "Ay, qué pena, me quedé dormida" me dijo. "Tranquila, que las dos nos quedamos dormidas" le contesté calmándola. "¿Quieres pasar al baño?, tienes el pelo un poco alborotado, vaya, fuera de lugar". Le entró una risa insoportable, nada contagiosa, más bien burlona: "Tú llamas pelo a esta peluca que llevo puesta desde hace más de dos años". "Perdona, no me había dado cuenta que era una peluca" le mentí. Se levantó con bastante esfuerzo y fue directo al baño. Al cabo de unos minutos le empezó a sonar el celular. Parece que lo oyó porque me gritó: "No contestes, que no quiero que sepan que ya estoy *in town*". Casi me caigo de la silla cuando la vi salir del baño: se había quitado la peluca y estaba completamente calva. Parecía una marciana. Sonrió, pero no como solía, y revisó su celular. Se le iluminó la cara que cada día estaba más redonda y más china. Me hizo una señal con los dedos para que no hablara mientras ella marcaba un número. Se oyó la voz de un hombre con acento andaluz que le contestó. Ella, de este lado, sonreía como una adolescente: "Sí mi vida, ahí estaré, claro que sí, me encantará conocer a tus amistades" decía con una zalamería típica de ella en sus buenos tiempos. Colgó y me dijo que por favor la dejara en el Versailles, pues tenía que reunirse con su enamorado y sus amigos. Le contesté: "¿Pero de qué enamorado me hablas, corazón de melón?" "Oye, ¿pero tú estás demasiado lenta o es que no te asienta la Yuma?, "mijita" te dije que Alejandro Sanz me ha dedicado una canción, que está arrebatado por mí, que estamos en algo, lo que pasa es que él es un tipo demasiado ocupado y yo vivo en esa puta isla.

Imagínate, salí de Cuba para terminar en una isla peor". Recordé la conversación y no quise seguir preguntando. "Vamos te dejo en el Versailles".

De camino se arregló el maquillaje, se puso un pañuelo en el cuello y se colocó unos guantes rojos que sacó del bolso. Me quedé en una pieza, no entendí para qué los guantes con el calor infernal que había. "Dime, sé sincera, no seas envidiosa, ¿cómo me veo?" La verdad que sentí lástima, pero logré una sonrisa rara en mí y le dije: "Estás guapísima, muy maja". Se le dibujó una sonrisa de oreja a oreja como cuando éramos jóvenes y hacíamos travesuras. Se veía tan bonita y tan rara. "No te preocupes por mí, te llamo cuando vaya a regresar a tu casa" dijo como si fuera una niña escapada de casa. Me dio un beso y se bajó del auto rápidamente.

No supe más de ella hasta que la policía me llamó esa madrugada para que fuera a la morgue a identificar el cadáver. Casi muero yo también al oír al oficial dándome la noticia. Al llegar me contaron que una camarera vio todo y fue la que avisó a la policía y contó lo que había pasado.

Pangyuliang llegó y encontró a su enamorado sentado con un grupito en las mesas del salón de atrás. Al llegar vio cómo una rubia de piernas largas se sentaba en las de él y lo besaba una y otra vez. Casi le dio algo. Se puso furiosa, roja de ira. Llegó y tomó a la rubia por los brazos y la apartó, dejándola caer al piso.

Al enamorado se le saltaron los ojos y la abrazó efusivamente. Ella le dio un empujón y en buen cubano le dijo: "Ten mucho cuidado conmigo, gallego de mierda, que yo me doy candela pero primero te la doy a ti". El enamorado le dijo: "Mi querer, recuerda que soy andaluz". "A mí no me interesa de dónde tú eres gallego piltrafa, ¿qué hace esta rubia teñida aquí? Búscale un taxi y que se vaya, pero de una vez. Además, no creo que ella te mame el culo como lo hago yo". Medio restaurante se volvió a ver quién había dicho semejante cosa, mientras el enamorado recogía a la rubia y se reía "disfrazando" el momento. Pangyuliang se sentó y llamó al mesero que estaba casi a punto de un ataque de risa: "Mi niño, ¿me puedes traer un *vermouth*?" le dijo de lo más fina. Todavía el enamorado no había podido ir a buscar un taxi a la rubiecita, que era un mar de llanto, en el piso. Ella lo miró fijamente. Él no pudo más y se paró delante de su cara y le dijo bien bajito: "No voy a hacer lo que me dices. Esta mujer es mi novia y no la pienso mandar a ningún lugar. Lo nuestro terminó y punto. ¿Vale? Si quieres te quedas y actúas como debe ser o te vas". Pangyuliang se quedó callada, pero se le veían los lagrimones correr por esa cara de china cansada de tanto correr mundo. El mesero apareció con el *vermouth*. Ella se lo empinó de un tirón. El enamorado ayudó a la rubia a sentarse a su lado, mientras Pangyuliang se levantó sin mucho ruido y fue hacia la cocina. Dicen que salió corriendo de la cocina empapada en alcohol y con unos pastelitos de guayaba en la boca. Al llegar al estacionamiento rayó el primer fósforo: los otros los encendió por inercia porque ya estaba desplomada y en llamas con su vestido color cobre y sus botas de vaquero de tono mostaza.

Suicidio gatuno

El gato callejero, o Elías, como lo llamamos nosotros, no dejaba tranquila a mi gatica. Día y noche se posaba en cualquier ventana a enamorarla. Ella lo miraba fijamente, le daba con el rabo al cristal de la ventana, espantándolo, pero nada, él seguía en lo mismo. Mi querida Princesa estaba molesta: no paraba de darnos las quejas, incluso había dejado de salir al patio a comer su yerbita predilecta. Estábamos preocupados porque no era normal el comportamiento de la Princesa. La cargábamos y le daban unos ataques cuando veía que la llevábamos al patio. Hicimos cita con el psicólogo veterinario y allá fuimos con ella.

Estaba nerviosísima la niña. No dejaba de mover el rabo como si fuera un ventilador. Cuando por fin nos llamó la enfermera, ella se puso peor. Cuando entramos, el psicólogo veterinario la tomó en sus brazos, le regaló unas golosinas y le acarició sus orejitas que estaban congeladas. Después de un largo rato entablando sus conversaciones como si nosotros no existiéramos, el psicólogo veterinario nos comentó que nuestra Princesa estaba deprimida. Él le recetaría un medicamento que debíamos darle durante un mes para ver cuáles eran los resultados. Antes de marcharnos el psicólogo veterinario nos dijo que nuestra Princesa era lesbiana. Se sentía presionada porque había un gato callejero que la perseguía a todas horas y la tenía atormentada. Ella no sabía qué hacer. Oímos calmados las recomendaciones del psicólogo veterinario y nos marchamos a casa, demostrándole mucho más cariño a nuestra Princesa, dejándole saber que eso no era motivo para estar deprimida. Ella, en su lenguaje gatuno, nos contestó que no soportaba a Elías, que estaba enamorada de la gata callejera, a la que nosotros le llamábamos Miranda. Le dijimos que eso no sería un problema. Si estaba bien con ella, invitaríamos a Miranda a comer yerbita también una tarde de estas. Le brillaron los ojos como luceros y su tristeza desapareció por arte de magia.

A la mañana siguiente al encontrarnos a Miranda durmiendo encima de nuestro auto la invitamos a comer yerbita con nuestra Princesa. Esa noche Elías volvió a su habitual acoso. Princesa no volvió a posarse en la ventana, aun cuando eso significaba que no podría ver a su amada ni siquiera de lejos. Esa tarde esperábamos a Miranda para la merienda, y como habíamos quedado apareció en nuestra puerta a la hora esperada. La dejamos entrar, ya Princesa la esperaba en la puerta. Se saludaron cariñosamente, le dimos la yerbita prometida y nos marchamos a la otra habitación, dejándolas solas para que tuvieran algo de privacidad y hablaran con tranquilidad. Vimos cómo se acomodaron en la ventana de la sala, detrás del sofá rosa. Parecían dos palomitas cuchicheando entre sí. De fondo les habíamos puesto música clásica y velas con olor a jazmín. Se veían felices. Al rato de tanta felicidad, como siempre, algo o alguien viene a entorpecer las cosas. Desde el techo saltó el gato callejero, mejor conocido como Elías, y escandalosamente comenzó a maullar y a tirarse contra el cristal de la ventana de la sala. Miranda y Princesa se asustaron muchísimo. Habían estado haciendo manitas antes de que el grandulón apareciera. Princesa no pudo contenerse, y le maulló mucho más fuerte y lo miró desafiante con sus ojazos pardos. Él se quedó mudo y Princesa se volvió y le dio un beso suave y delicado a Miranda en la misma punta del hocico.

Elías, el gato callejero, se enfureció de tal manera que se tiraba con toda su fuerza contra la puerta. Como no lograba abrirla o derrumbarla, maullaba como si alguien le hubiera pisado el rabo. Tanta fue su furia y sentimiento de impotencia que salió corriendo como un loco. Parecía poseído, maullando enloquecido, tan ciego de dolor y amor no correspondido que no vio el camión de la basura que venía en su recorrido de martes. Los vecinos que fueron testigos de cómo Elías no se detuvo aunque vio el camión verde con suficiente tiempo para detenerse, dicen que este había sido el primer suicidio gatuno que habían presenciado en sus vidas.

Suicidio interrumpido

Nunca más he vuelto a encontrar los cuchillos. ¡Dios mío, qué susto aquel! Revisé la casa entera y tampoco encontraba a Romualdo; había desaparecido por arte de magia. Vivíamos en el apartamento de un "doce piso" y lo primero que hice fue mirar desde mi balcón para estar seguro de que no se había tirado. Volví a revisar la casa y me di cuenta que solo faltaba el clóset del cuarto por revisar. Pero antes debo contarles cómo empezó todo.

Aquel domingo Romualdo amaneció insoportable. Habíamos hecho planes para ir al cine con mi tía, pero cuando ya estaba listo me dijo muy calmado que él no iba. Que no tenía deseos de ver ninguna película, que se quedaría en casa. Yo me fui al cine y al volver no encontré a Romualdo. En aquellos tiempos no existían todavía los dichosos celulares ni todos esos equipos de hoy. Esperé paciente, mirando cómo pasaban las horas y él no aparecía. Como a eso de las once y pico llegó el señor. Olía a alcohol, cosa rara porque él no bebía. Sonreía descaradamente al verme en la cama con cara de perro *bulldog*. "¿Qué te pasa muñeco?", me dijo con desfachatez. No le contesté. Traté de ignorarlo, pero él quería guerra. Se quitó la ropa y fue directo al baño. Aproveché y busqué en los bolsillos de su pantalón hasta que encontré un papelito con un teléfono escrito, pero sin nombre. Lo tomé y lo escondí en la gaveta de las medias. Él salió del baño silbando como si nada pasara. Yo me dije: esta guerra no la voy a pelear esta noche. Él intentó hablarme pero casi ni le contesté. Apagué la lámpara de mi lado de la cama y pretendí dormirme.

A la mañana siguiente me levanté como siempre, tomé mi café y me marché al trabajo sin tan siquiera darle los buenos días. Antes de irme y con mucho cuidado saqué el papelito de la gaveta y me lo llevé al trabajo. Apenas tuve un momento llamé al número, oí la voz que me contestó pero colgué. Esperé unos minutos y volví a marcar el número. Esta vez una voz suave del otro lado me dijo: "Si quieres saber quién soy no vuelvas a colgar, háblame". Perdí la pena y lo saludé. Le dije quién era, y él me contestó que sabía que esto iba a pasar, pero nunca pensó que fuera tan rápido. Me dijo que Romualdo siempre hacía lo mismo, que esta no era la primera vez. Que ya hace unos años atrás había hecho lo mismo con la otra pareja que tuvo, pero que ahora las cosas eran diferentes pues sabía de qué madera realmente estaba hecho Romualdo y no quería ser parte de su mentira. Me dio su dirección y me dijo que fuera a verlo, que nos conociéramos y que no dejara que Romualdo me mintiera una vez más. Me quedé en shock con lo que acababa de pasar pero mucho más tranquilo.

Esa noche llegué a casa listo para la guerra. Cuando abrí la puerta, Romualdo me esperaba bañado y con la comida recién terminada y la mesa puesta. Me saludó con cariño o por lo menos intentó que fuera así. Yo no le contesté. Me volvió a hablar y nada. Se desesperó y me gritó: "¿Hasta cuándo va a durar este teatro?". Me quedé en silencio. "¡Oye, contéstame, déjate de inmadurez!", volvió a gritarme. Lo miré directamente a los ojos y le dije: "Acabo de hablar con Luis y me ha invitado a comer esta noche. Lo siento, no estoy disponible para comer contigo" . Enloqueció en un minuto al oírme. No lo podía creer. Primero se hizo el loco diciendo que no conocía a ningún Luis, pero luego, cuando yo lo ignoraba, me pedía que lo perdonara. Le dije: "No soy Dios para perdonarte nada. Es tu problema".

Me vestí y me fui a la cena con Luis. Allí conocí a otro amigo de él; hablamos muchísimo y nos despedimos después de una noche bastante agradable. Al llegar a casa, Romualdo me esperaba sentado en la sala. Parecía que había recuperado las energías y estaba listo para pelear de nuevo. Yo no. Volví a aplicarle el tratamiento silencioso y eso lo desesperó mucho más. "¡Tengo que dormir!", grité desde la cama. Él siguió vociferando insultos, cosa rara porque hubiera tenido que ser yo el que lo insultara. No sé cómo, pero me dormí. No recuerdo a qué hora él se acostó, solo sé que al otro día el drama continuó a todo tren. Quise irme lo más pronto posible pero no pudo ser. Me tomó de los brazos gritándome insultos mientras me movía como si fuera un molino. Yo no dije una sola palabra. Cuando se dio cuenta de que no podía conmigo, me soltó y se echó a llorar sentado en el borde de la cama. No sentí nada al verlo llorando. Lo dejé así mismo y me fui a trabajar. No supe nada de él en todo el día.

Al llegar a casa no estaba. Busqué por todos lados y no aparecía. Sentí un poco de terror. Recuerdo que fui a la cocina y recogí todos los cuchillos y los tiré detrás del refrigerador, por eso nunca más he dado con ellos. Seguí buscándolo porque algo me decía que él estaba escondido en algún lugar. Viré la casa "patas arriba" y nada. Tomé unos minutos de descanso para pensar qué hacer y recordé que no había buscado en el clóset del cuarto. Cautelosamente abrí la puerta y al mirar detrás de los pantalones colgados, reconocí la cabeza de Romualdo. Aparentaba estar desmayado o muerto, pero algo me decía que estaba vivo. Aparté los pantalones abruptamente y ahí estaba él, arrodillado, con el cordón negro de un teléfono que ya no funcionaba enrollado en el cuello, a punto de ahorcarse. Le arrebaté el cordón y vi cómo tenía una marca rojiza alrededor del cuello. Le grité como nunca y traté de sacarlo del closet. Él lloraba incontrolablemente sin poder hablar. Logré con mucho trabajo acostarlo en la cama mientras él permanecía con las manos en la cara. En ese momento me alegré de haber escondido los cuchillos, pero estaba en un puro nervio pensando qué hubiera pasado de no haberlo descubierto. Poco a poco se fue recuperando y volvió a hablar.

Creo que todos nos quedamos más contentos con este suicidio interrumpido.

Suicidio autoayuda

El mejor remedio ha sido ayudarlo a que se suicide. He pasado años perdonándole una y otra vez sus bajezas. Esta vez la guerra ha sido difícil. He tenido que perder mis rodillas hasta llegar al Rincón de San Lázaro, pero lo he logrado. Le he devuelto sus acciones contra mí, una por una. He usado a San Lázaro, su venerado padre para que se encargue de que se suicide de una vez por todas.

Cuando pensó que tendría lo que siempre había querido, cuando creyó que viviríamos en aquella casa verdosa y que él sería el centro de mi vida, lo abandoné. Nunca pudo lograrlo. Lo vi en sueños cómo encendía velas, cómo escribía mi nombre una y otra vez en papel cartucho, cómo jugaba con las pequeñas piedras delante del santo. Se fio demasiado de mi cariño. Todo se acaba. En realidad él mismo se encargó de que le perdiera el respeto que le tenía, y ese fue el despertar que me hizo usar todas las herramientas a mi alcance para ayudarlo a que tomara la decisión de suicidarse.

Lo encontraron asfixiado dentro de su auto último modelo. No me escondo para regocijarme.

Suicidio a lo Allison DuBois

Desperté una madrugada siendo rubia, casada, con tres hijas también rubias y un marido científico. Me miraba las manos y no eran las mías. Me tocaba la melena que me daba por los hombros y no entendía. Traté de hablar en mi español de siempre y me salió todo el discurso en inglés. Al mirar a mi alrededor no encontré a mi gata, ni a mi verdadero marido –que no era científico aunque sabía arreglarlo todo–. Esta no era mi habitación, ni mi casa. Me levanté de un brinco, pero casi no podía caminar del miedo que sentía. Estaba atrapado dentro del cuerpo de un personaje ficticio. Esto no parecía que fuera una pesadilla porque estaba completamente despierto.

Salí de la habitación y revisé cada rincón y no estaba en mi casa. Me había convertido en Allison DuBois, la rubia adivinadora del programa *Medium*. ¿Pero cómo era esto posible? Fui hasta la cocina y preparé un café fuerte y me senté a la mesa de comedor que tanto había visto en los episodios y me quedé totalmente dormido.

Estaba en la entrada de un teatro bastante antiguo. Las cortinas eran de damasco rojo y gastado. El teatro estaba vacío o eso creía yo, o Allison. Me senté en la tercera fila, en el mismo centro, a esperar. De pronto oí la música que Alex North había compuesto para la banda sonora de la película *Un tranvía llamado deseo* y me pude orientar un poco. Del lado derecho del escenario salió una mujer que aparentaba ser la Blanche de esta producción: no sé si era Jessica Tandy u otra de las actrices que han interpretado ese papel desde entonces. Definitivamente no era conocida. Se paró en el centro del escenario con libreto en mano y se oyó a lo lejos cómo practicaba sus líneas. Del otro costado del escenario salió un hombrón, por su cuerpo corpulento entendí que tendría el papel de Stanley. La cara de este Stanley sí me era conocida, pero no del mundo del teatro neoyorquino ni del de Hollywood. Pero, ¿de dónde lo conocía? Intercambiaron saludos y cada uno tomó posiciones opuestas en el escenario. De repente entró un señor un poco mayor, que imaginé enseguida era el director. Su cara también me parecía conocida. Se acercó a la actriz y discutió con ella, pero no pude entender nada. Stanley le gritó al director, pero tampoco entendí nada. Las cosas se pusieron un poco acaloradas: los gritos continuaban. Quise levantarme y desaparecer, pero sentía que mi papel de espectador a lo Allison todavía tenía que continuar. El director se calmó y vi cómo le tocó la cara a Stanley con un cariño que aparentaba ser otra cosa. Él dejó que le tocara suavemente los cachetes mientras Blanche se sonrojaba poco a poco, enfurecida. Todo volvió a encandilarse. Ella se lanzó como loca contra el director, empujándolo. Este no atinó a defenderse: fue tan repentino el ataque que Blanche logró tumbar al director del escenario y este cayó de cabeza contra la primera fila. El estruendo fue tan fuerte que di saltos en mi asiento. Stanley la sacudió por los hombros, le pegó una bofetada y fue a ver qué le había pasado al director. Lo levantó y lo apoyó en los asientos, pero el director sangraba por un lado de la cabeza y se desplomó sobre él. Después de unos minutos Stanley declaró que el director había muerto.

Blanche lloró enloquecidamente, pero no por mucho rato porque Stanley le gritó que viniera a ayudarlo. Entre ambos arreglaron todo para que la muerte del director pareciera un suicidio. Desde mi asiento yo estaba boquiabierto mirando cómo estos dos eran capaces de tanto. Llamaron a la policía y contaron cómo el director se mató al descubrir que sus actores principales eran amantes. Stanley confesó que estaba teniendo una relación con el director, pero que al conocer a Blanche se había dado cuenta de que la amaba, al contárselo al director este enloqueció y se suicidó. Todo quedó solucionado muy teatralmente.

Sentí cómo me abofeteaban y gritaban que despertara; eran mi verdadero marido —no el científico– y mi gata. Me sacudían preguntándome el por qué de esos gritos míos. Pude despertar completamente y darme cuenta de que ya no era rubia. Observé todo a mi alrededor y vi la televisión encendida dando una noticia de última hora. Me detuve a escuchar a la periodista y pude ver las imágenes de un teatro de la Pequeña Habana acordonado con una cinta amarilla y montones de personas esperando a que dijeran lo que realmente había pasado. De repente vi a un hombrón corpulento y a una mujer delicada, con peluca en mano y el pelo recogido, esposados y con varios policías llevándolos hasta la perseguidora. Los periodistas les hacían preguntas, mientras los fotógrafos disparaban sus cámaras, pero ninguno de los dos contestó.

Traté de contarles a mi marido y a mi gata que yo había presenciado todo desde mi asiento de tercera fila, pero ninguno de los dos me creyó. Algo molesto le pedí a mi marido que me pusiera otro episodio de *Medium*.

Suicidio en masa

El diecisiete de diciembre de ese año fue decisivo en muchos aspectos. Demasiados eventos se dieron cita ese día, pero lo que más quedó en la memoria de todos fue el suicidio en masa que tuvo lugar a ambos lados del charco. Esto no fue un suicidio colectivo a lo Jonestown en Guyana. Aquí nadie tomó ponche envenenado. Aquí el veneno lo habían ido bebiendo lentamente durante más de cincuenta y pico de años. Yo me incluyo en el grupo. Ese tal diecisiete a las doce y un minuto del día salieron a dar la cara los torturadores de ambas orillas. Uno había estado involucrado por esos cincuenta y pico de años, el otro, hacia como seis que andaba en la jugarreta.

Ya a las tres de la tarde de ese día había empezado el *run run* del suicidio en masa. De este lado, en pleno corazón de la Pequeña Habana, justo en el estacionamiento del famoso Versailles, un grupo de *old timers* que había llevado una vida entera negociando con el dolor del pueblo, se reunió y después de tomarse el último cortadito con leche evaporada se dieron candela. Personajes de la radio se pegaron un tiro, que se oyó hasta en el Kilimanjaro. Todos los pederastas americanos blancos que viajaban a la isla para explotar a menores de edad, hembras y varones, pagándoles unos pesos para que formaran parte de la industria porno de este país, se lanzaron al vacío desde el Grand Canyon. El señor empresario que invitaba a cantantes y orquestas de la isla para que llenaran los teatros de la ciudad en un supuesto intercambio cultural, se lanzó al canal Okeechobee donde su carne morena fue devorada por los hambrientos cocodrilos del pantano. Las *mulas* que viajaban dos y tres veces por semana llevando paquetes que costaban de $20 hasta $30 por libra, formaron un gran círculo en el Hipódromo de Hialeah y se acuchillaron entre sí. Los delincuentes que se encargaban de operar las lanchas rápidas entre las dos orillas cobrándole a los pobres $10,000 o más han sido todos devorados por tiburones que se alzaron en su contra al oír la noticia. La lista de este lado se extiende y no tengo demasiado papel para seguir enumerando los suicidas: debo citar a los de la otra orilla.

Tarde en el día se empezaron a recibir las noticias del otro lado. Una tal señorita heredera de una legendaria marca de ron y supuesta directora de CENESEX, además de autoproclamarse ángel guardián de los homosexuales y lesbianas, fue encontrada desnuda con un vibrador gigantesco y negro introducido en su ano y muerta a causa de una dosis fuerte de barbitúricos. Yurisleysis tan resolutiva ha quemado su pasaporte pero no se ha suicidado porque ha sido reclutada, *once more,* para lo que viene. Los falsos disidentes que vienen y van, el Cocopalenque y compañía, han terminado en una fosa común igualita a las que antes usaron dos dictadores que nos han gobernado, pero esta vez ha sido suicidio, no crimen premeditado. Se ha reactivado la red de pingueros y jineteras; han aprendido inglés en cuestión de horas y saben exactamente qué ordenar en los recién abiertos McDonald's de toda la isla, pero ellos tampoco se han suicidado.

La que sí se ha tirado delante de un camello en plena Calle 23 ha sido la que se vistió de miliciana en su momento y bailó a go-go. Ha dejado al camello lleno de baches y sin ruedas. No ha quedado ni una foto del Che en toda la isla. Dicen que a las doce y cinco se quemaron todas las imágenes que quedaban del asmático. Ya nadie lo recuerda. La presidenta del comité de mi cuadra ha tirado la casa por la ventana, ha asesinado a su marido diciendo que en su momento organizó un mitin de repudio cuando el Mariel. Ahora ella tiene puesto el tocadiscos con la música de Willy Chirino y brinda con tamales Goya. ¡Ay mamá, esto se pone bueno!

Los siguientes días fueron decisivos para mucha gente. Algunos fueron conminados al suicidio; otros como siempre, decidieron cambiar de palo pa' rumba tumbando a quien fuera a su paso.

Yo, por mi parte decidí cambiar de ciudadanía. Me mudé a otra jungla, pero donde nadie hablaba de la dichosa isla ni de la provincia del norte. Aquí nadie conoce a Blanquita Amaro, nadie toma cortaditos, ni conoce la guayaba y el Versailles queda en Francia. Pero todo eso es temporal, porque en cualquier momento monto un timbiriche y empiezo a vender pan con lechón y traigo a Magdalena La Pelúa para que haga un espectáculo como el que está haciendo ahora mismo en Tropicana y entonces sí se forma la revolución.

De los suicidios en masa no se ha vuelto a hablar más en ninguna de las dos orillas. Pero cada diecisiete de diciembre ofrecen misa, a la misma hora, en la iglesia de Santa Rita y en la Ermita de la Caridad.

Del autor

Manuel Adrián López nació en Morón, Cuba (1969). Poeta y narrador. Su poesía en español ha sido publicada por las revistas *Arique, Arquitrave, Anterior Review, Baquiana, Conexos, Contratiempo, DeliriumTremens, La Peregrina Magazine, LaFanzine, Letras Salvajes, Linden Lane, Nagari, Revista Literaria Ombligo* y *Ventana Abierta*, entre otras.

Su primer libro de poesía, *Yo, el arquero aquel,* fue publicado en West Palm Beach por la Editorial Velámenes (2011). En julio del 2012, la editorial TheWriteDeal de Nueva York le publicó una versión digital de su libro de cuentos cortos en inglés *Room at the Top* y en junio de 2013, una versión impresa de este libro fue publicada por la editorial Eriginal Books de Miami, la cual fue presentada en la Feria Internacional del Libro de Miami. En agosto del 2013 fue publicado en España el poemario *Los poetas nunca pecan demasiado* por la Editorial Betania, premiado con Medalla de Oro en los Florida Book Awards. La edición electrónica fue publicada por Eriginal Books. Su libro de cuentos, *El barro se subleva*, publicado por Ediciones Baquiana se presentó en la XXXV *Feria* Internacional del *Libro* del *Palacio de Minería en Ciudad de México.* Ha participado en el IV Festival Atlántico de Poesía de Canarias al Mundo en Gran Canaria y el V Festival de Poesía de Lima en Perú.

Contacto:

https://www.facebook.com/ManuelAdrianLopezManny

www.ingramcontent.com/pod-product-compliance
Lightning Source LLC
Chambersburg PA
CBHW032111170626
46808CB00008B/3021